Fairy Chronicles

Libélula
y la Telaraña
de los Sueños

J. H. Sweet

Ilustrado por Tara Larsen Chang

Traducción de Teresa Blanch

pirueta

Título original: *Dragonfly and the Web Of Dreams*

Primera edición: marzo de 2008
Segunda edición: abril de 2008

© 2007, J. H. Sweet
© 2007 Sourcebooks, Inc., del diseño de cubierta e interiores
© 2007 Getty Images y The last sleep of Arthur in Avalon, 1881-98
    by Burne-Jones, Sir Edward (1833-98) ©Museo de Arte, Ponce, Puerto Rico,
    West Indies / The Bridgeman Art Library, de las fotografías interiores

© 2008 Teresa Blanch, de la traducción

© 2008 Libros del Atril, S.L., de esta edición
    Avda. Marquès de l'Argentera, 17, pral. 3ª
    08003 Barcelona
    www.piruetaeditorial.com
    www.fairychronicles.es

Impreso por Egedsa
Rois de Corella, 12-16, nave 1
08205 Sabadell (Barcelona)

ISBN: 978-84-96939-28-8
Depósito legal: B. 15.629-2008

A mamá,
para que tenga dulces sueños

CONOCE EL

Caléndula

NOMBRE:
Beth Parish

NOMBRE DE HADA Y ESPÍRITU:
Caléndula

VARITA:
Rama de sauce

DON:
Protege de insectos asquerosos

TUTORA:
Tía Evelyn,
Madame Monarca

Libélula

NOMBRE:
Jennifer Sommerset

NOMBRE DE HADA Y ESPÍRITU:
Libélula

VARITA:
Pluma de pavo real

DON:
Veloz y ágil

TUTORA:
Abuela,
Madame Crisantemo

EQUIPO DE HADAS

Cardencha

NOMBRE:
Grace Matthews

NOMBRE DE HADA Y ESPÍRITU:
Cardencha

VARITA:
Púa de puerco espín

DON:
Fiera y salvaje cuando
defiende a los demás

TUTORA:
Madame Petirrojo

Luciérnaga

NOMBRE:
Lenox Hart

NOMBRE DE HADA Y ESPÍRITU:
Luciérnaga

VARITA:
Pajita

DON:
Una gran luz interior

TUTORA:
Señora Pelter,
Madame Cucaracha

Llevas la fuerza dentro de ti

Caléndula y la Pluma de la Esperanza

Libélula y la Telaraña de los Sueños

Cardencha y la Concha de la Risa

Luciérnaga y la búsqueda de la Ardilla Negra

$\mathscr{S}$umario

Capítulo uno

Sábado por la mañana

n el mes de septiembre, un sábado por la mañana, Jennifer Sommerset permanecía sentada en el porche esperando la llegada de sus tres amigas para pasar el día juntas. Hacía un par de semanas que había comenzado el nuevo curso escolar y éste era un fin de semana especial de tres días con motivo de la Fiesta del Trabajo. La noche anterior, Jennifer había terminado sus deberes para tener el sábado libre.

Se columpiaba en el balancín del porche, con un brazo alrededor de una rodilla y la otra pierna colgando, mientras recordaba los bue-

nos momentos que ella y sus amigas habían compartido durante el verano. Como muchas otras niñas de nueve años, Jennifer había pasado el verano nadando, patinando, leyendo, trepando a los árboles, jugando con la consola, yendo a un campamento y durmiendo en casa de las amigas. Pero también había realizado otro tipo de actividades importantes, algunas de ellas secretas.

Jennifer y sus tres amigas, Grace Matthews, Lenox Hart y Beth Parish eran hadas. Eso significa que, además de ser niñas normales y corrientes, poseían los dones de los espíritus mágicos.

El espíritu mágico de Jennifer era una libélula roja. Cuando se convertía en hada, sus alas y su vestido se volvían de un color rojo oscuro parecido al de la sangre. El vestido le llegaba por encima de las rodillas y era de pelusa aterciopelada suave. Jennifer era una niña negra, alta y atlética, de pelo negro y corto, peinado en pequeñas ondas. Le encantaba llevar el pelo corto porque hacía muchas actividades. Si quería jugar a fútbol o nadar, era más cómodo llevarlo corto. Además, el pelo en la cara era un incordio cuando estaba ocupada con sus tareas de hada. Jennifer era una niña fuerte y muy guapa, tanto en su forma humana como cuando se convertía en hada. Tenía mucha confianza en sí misma y era una verdadera líder.

Grace era una cardencha mágica, vivía a cuatro manzanas de Jennifer y era su mejor amiga. Las dos asistían a la Escuela Primaria Memorial y se conocían desde hacía tres años.

Lenox era una luciérnaga mágica. Su madre le daba clases en casa, pero seguía el mismo horario que las escuelas públicas. De esta forma Lenox podía pasar los fines de semana, las vacaciones y el verano, con sus amigas.

Beth era una Caléndula y vivía al otro extremo de la ciudad. Iba a la Escuela Primaria Belaire. Jennifer había conocido a Lenox y a Beth en los Círculos Mágicos, o lo que es lo mismo, en las reuniones de hadas. Beth era la última hada que se les había unido el pasado verano. Libélula y Cardencha habían participado juntas en una difícil misión para juntas en una difícil misión para ayudar a los duendes (los chicos hada) a rescatar la Pluma de la Esperanza, que estaba en una casa ocupada por unos peligrosos gremlins. Luego, Jennifer y Beth se habían ido al Campamento Hopi y habían pedido compartir la misma tienda. Se lo habían pasado en grande haciendo excursiones, nadando, montando en bicicleta y aprendiendo a hacer velas y cestos.

Jennifer estaba muy contenta de que sus amigas pasaran el día con ella. Seguramente, jugarían toda la mañana y prepararían cuentas para hacer joyas. Después del almuerzo, la abuela de Jennifer mostraría a las jóvenes hadas algunos trucos nuevos con la varita.

La abuela de la niña, un hada crisantemo amarillo, era la tutora de Jennifer. Para el resto de hadas era madame Mamá, pero Jennifer la llamaba simplemente abuela.

Cada una de las jóvenes hadas tenía una tutora que hacia de maestra y supervisora. La varita mágica podía ser peligrosa y difícil de usar.

Hasta el momento, las hadas más jóvenes

sólo conocían trucos simples, como producir luces mágicas y pegar objetos rotos.

Las hadas resolvían problemas y pasaban mucho tiempo arreglando cosas. Otra de sus tareas era proteger la naturaleza. Sin embargo, tenían terminantemente prohibido utilizar la varita para cosas triviales o para maltratar a los demás. De hecho, las hadas jóvenes no podían usarla sin el consentimiento de sus tutoras. Así pues, las niñas tenían muchas ganas de aprender cosas nuevas del hada veterana.

Las varitas mágicas podían fabricarse con cualquier objeto y estaban encantadas para ayudar a las hadas a hacer magia. La de Jennifer era una pluma encantada de pavo real. Era muy bonita y rebosaba magia de pavo real. Si se enojaba, soltaba agudos chillidos como los del pavo. Pero la mayoría de las veces era seria y estaba orgullosa de ayudar a Libélula en sus importantes tareas mágicas. Jennifer solía guardar su varita en el cinturón de su vestido de hada, al lado de una bolsa de polvo de duende y de su manual de magia.

El polvo de duende era imprescindible para ayudar a las hadas a hacer magia, y el manual contenía toda la información y las respuestas a las preguntas mágicas. El manual era un libro único ya que tenía el don de envejecer con su propietaria. El de Jennifer contenía de momento definiciones y descripciones comprensibles para una niña de nueve años. A medida que Jennifer creciera y necesitara ayuda para tomar decisiones más maduras, la información del manual cambiaría y se haría más precisa.

Los padres de las niñas no sabían nada de magia. La verdad es que, para las personas normales y corrientes, las hadas se parecían a las flores, insectos, reptiles, frutos silvestres y animales diminutos. La madre de Jennifer había visto a su hija convertida en hada, pero pensaba que era una simple libélula roja.

Jennifer despertó de sus fantasías cuando su madre salió de casa, vestida con un albornoz, para recoger el periódico de las escaleras de la entrada. La señora Sommerset, la madre de Jennifer, era dentista y se estaba arreglando para ir a trabajar. Abría su consulta cada dos sábados. El padre era abogado y ya había salido hacia su oficina. Estaba muy atareado preparando el juicio de un importante caso y debía trabajar durante todo el fin de semana. Mientras los padres trabajaban, la abuela se ocupaba de Jennifer. Era viuda y vivía con la familia desde antes del nacimiento de Jennifer.

La señora Sommerset observaba la gran parcela situada a la izquierda de la casa.

—Creo recordar que la semana pasada te dije que recogieses todas esas botas —dijo a Jennifer—. Pero olvidaste una.

Luego, la señora Sommerset entró en casa para terminar de arreglarse.

Durante un par de años, la señora Sommerset había ido colocando botas viejas en su jardín. Había leído en alguna parte que las botas ahuyentaban a los conejos y así se evitaba que se zamparan las hortalizas y las flores. Hizo la prueba pero no funcionó. La semana anterior, por fin, pidió a Jennifer que las retirara todas y las guardara en la cabaña del jardín.

Al echar un vistazo al jardín, Jennifer no vio la bota de la que hablaba su madre. En su lugar, vio al señor Wimple, el gnomo que, como cada sábado, iba de jardín en jardín y se detenía en el de los Sommerset para cuidarlo. La semana anterior, el señor Wimple había dado a la corteza del melocotonero el color del chocolate con leche y a la pelusa del kimbombo el color verde pálido.

Y ahora estaba atareado en la hilera de los espárragos.

Jennifer sonrió. Para los humanos normales y corrientes, un gnomo era algo normal, como una roca, una calabaza o un balón de fútbol. El señor Wimple se había disfrazado de bota mientras permanecía en el jardín de la señora Sommerset.

Los gnomos de jardín son todos muy parecidos. Miden unos veinticinco centímetros, son de color marrón polvoriento, como la ropa que visten. A diferencia de los de bosque o

SR. WIMPLE
DUENDE DE JARDÍN

de montaña, no se dejan la barba. Pero sí unos bigotes densos y poblados.

El señor Wimple llevaba la ropa normal que visten los gnomos para trabajar: peto repleto de bolsillos y perneras dobladas hacia arriba. En los bolsillos y las vueltas de los pantalones guardaba herramientas, guantes, bulbos, semillas y otros útiles necesarios para su trabajo.

Jennifer abandonó el porche y se dirigió hacia el señor Wimple.

—¡Hola, señor Wimple! —dijo, y añadió con una sonrisa—: Lo siento, pero mamá quiere que te vayas del jardín.

El señor Wimple dejó de cavar unos instantes para observar a Jennifer. Luego dijo:

—¡Imposible! Estos espárragos están a punto de salir. Están demasiado apretados y, si no los podo bien, se echará a perder toda la hilera.

Mientras hablaba, el duende sacó un pañuelo de uno de sus bolsillos para secarse la cara. Luego, echó un vistazo al jardín, sonrió y añadió:

—Veo que ya no pone botas. Le podía haber advertido que no daría resultado. Los conejos son muy listos y las botas, unas bobaliconas. Lo más efectivo es plantar algo extra para que coman los conejos.

Al oírlo, Jennifer soltó una carcajada.

—¿Puedes trasformarte en cualquier otra cosa durante un rato para que mamá crea que he sacado la bota como me ha pedido? —propuso Jennifer.

El señor Wimple sonrió de nuevo.

—¡Va a nacer una col! —exclamó.

Cerró los ojos y arrugó la cara. Segundos más tarde, los abrió de nuevo y suspiró profundamente.

—¡Ya está! —advirtió.

Jennifer no apreció ninguna diferencia, excepto que ahora parecía de un verde más pálido.

—¡Gracias! —respondió Jennifer.

Y antes de que regresara al porche, el señor Wimple añadió:

—Los zapatos de golf son más listos que las botas. Ya sabes, es por los clavos. Van bien para los suelos. Hay personas muy inteligentes que calzan zapatos de golf para segar el césped. Ayudan a airear el suelo y dejan pasar el oxígeno. Las raíces de césped necesitan oxígeno.

Al señor Wimple le encantaba hablar y charlaba por los codos. Jennifer lo escuchaba con educación.

—Debo darme prisa. Quiero terminar unos cuantos jardines. Mañana voy a la Convención Anual de Gnomos de Jardín que tendrá lugar en la granja del señor Henderson. Este año tratarán temas nuevos e interesantes.

Se detuvo un instante antes de continuar:

—Hoy estoy un poco cansado. Anoche tuve una pesadilla y no he podido dormir: un hongo monstruoso y unos gusanos gigantes de tomatera destrozaban todos los jardines que cuido —tembló ligeramente y, meneando la cabeza, se puso a trabajar de nuevo.

De regreso al porche, Jennifer hizo una mueca. El hecho de que ella también hubiese tenido una pesadilla esa misma noche debía ser una simple coincidencia. Pero había algo que la preocupaba.

Capítulo dos

Hadas amigas

entada en el balancín y sumergida en sus pensamientos, Jennifer no se dio cuenta de que Grace había llegado. Las niñas solían ir andando o en bicicleta de una casa a otra. Aquella mañana, Grace había ido andando, cargada con una bolsa.

—Traigo unos cuantos abalorios y así no gastamos los tuyos.

Jennifer curioseó el contenido de la bolsa mientras Grace se acercaba a saludar al señor Wimple:

—¡Hola, señor Wimple! —dijo.

—Hola, Cardencha —respondió.

Convención de Gnomos

El encuentro de gnomos
se celebra una vez
al año. Hay cuatro
convenciones especializadas
según los tipos de gnomo:
de Jardín, Bosque,
Montaña y Desierto.

El señor Wimple también se ocupaba del jardín de los Matthew. Normalmente los martes.

El padre y la madre de Grace sólo plantaban arbustos y flores, y por ello daba menos trabajo su jardín que el de los Sommerset. Desde que Grace tenía un juego de croquet, cada vez que el señor Wimple iba al jardín de los Matthew insistía en parecer una maza de croquet.

El señor Wimple le comentó a Grace que deseaba que llegara el domingo para asistir a la Convención de Gnomos de Jardín, y además dijo estar ansioso por conocer todas las herramientas y técnicas nuevas.

El señor Wimple continuó sacando las puntas de los espárragos, y Grace regresó al porche.

—Me ha explicado que se celebra la convención de gnomos —dijo a Jennifer.

Jennifer tomó su libro mágico, buscó *Convención de gnomos* y leyó el artículo en voz alta:

Convención de gnomos: Encuentro de gnomos que suele celebrarse una vez al año. Hay cuatro convenciones distintas, según la especialidad de los gnomos: de jardín, bosque, montaña y desierto. Este año, la Convención de Gnomos de Jardín tendrá lugar el domingo 4 de septiembre en la granja del señor Henderson. Los gnomos tendrán oportunidad de reunirse e intercambiar ideas sobre técnicas de cultivo y nuevas formas de añadir colores a la naturaleza. También asistirán a talleres coordinados por gnomos inventores, expertos en distintas áreas, que han desarrollado y mejorado herramientas y métodos nuevos para llevar a cabo sus tareas. Entre las novedades de esta convención, podemos anticipar interesantes talleres sobre Desarrollo de abonos, Tecnología punta en jardinería y Magia concentrada para duendes. También habrá una sesión especial sobre comercio de semillas, raíces, nueces y bulbos.

—¡Caramba! —exclamó Grace—. Ahora entiendo por qué el señor Wimple está impaciente por asistir.

Entonces sacó su varita de púa de puerco espín y comenzó a sacarle brillo con el extremo de su camiseta.

A Grace le encantaba su varita y la cuidaba con esmero. La varita no era lo único puntiagudo y afilado que tenía. Cuando se convertía en hada, Cardencha estaba llena de púas. Tenía el pelo corto y erizado, y las alas con una pelusa gris, larga y puntiaguda. Su vestido estaba hecho con pétalos de cardencha en punta, de color púrpura pálido.

Los ojos de Grace eran grandes, de color gris, muy alegres y expresivos. De todas las hadas era la que mejor se llevaba con los duendes. Encontraba muy divertidas sus travesuras y sus bromas. Sin embargo, Grace era muy capaz de hacer travesuras, y su don mágico especial consistía en su gran capacidad para defenderse ferozmente de los ataques cuando era necesario. Por eso, no tenía demasiadas preocupaciones.

El don mágico especial de Jennifer era la rapidez y la agilidad, como las libélulas. Era tan veloz y coordinaba tan bien sus movimientos que nadie podía atraparla. Esto era una gran ventaja para jugar a fútbol. De hecho, era tan buena jugadora que su entrenador le aconsejaba que pensara en la posibilidad de pedir más adelante una beca de fútbol.

Jennifer y Grace se alegraron al ver aparecer la furgoneta verde limón. La conducía Evelyn, la tía de Beth. Era un hada mariposa monarca y también la tutora de Beth. Las hadas más jóvenes la llamaban respetuosamente madame Monarca, excepto Beth que la llamaba tía Evelyn. Beth y su tía habían recogido a Lenox y ahora que todas estaban juntas de nuevo podían empezar a divertirse.

—¡Hola, Jennifer! —la saludó tía Evelyn—. Debo hablar con tu abuela. ¿Está en casa?

—Está en la parte trasera, a la izquierda —señaló Jennifer cuando abrió la puerta principal.

La abuela de Jennifer tenía su propio apartamento, equipado con una cocina y un baño, en la parte trasera de la casa.

La madre de Jennifer salió al porche en el instante en que Jennifer abría la puerta. Saludó a todas las niñas y se marchó al trabajo.

En cuanto la perdieron de vista, se oyeron cuatro suaves chasquidos y las niñas se convirtieron en hadas. El tamaño normal de una hada era de unos quince centímetros. Se sentaron en el porche, apoyadas unas contra las otras, observando cómo el señor Wimple terminaba su trabajo.

Lenox era una luciérnaga peluda de color marrón dorado. Resplandecía de pies a cabeza y tenía el pelo castaño claro, liso y tan largo que le caía hasta la espalda. Sus alas tenían una tonalidad dorada brillante y su vestido, de seda satinada, era de un color marrón dorado. Se lo había hilado un gusano de seda amigo suyo. Por otra parte, su varita era una pajita que brillaba con mucha intensidad.

El don mágico de Lenox era una luz más potente que la de cualquier otra hada. Iluminaba lugares oscuros, la guiaba y no dejaba que los malos espíritus la engañaran.

Cuando se convertía en hada caléndula, Beth llevaba una corona de flores amarillas y un vestido hecho de pétalos rizados de caléndulas amarillas y doradas. Tenía el pelo corto, de color castaño claro, y las alas eran de un do-

rado pálido. Su varita era una rama de sauce pequeña y encantada, a la cual le gustaba ronronear cada vez que Beth la acariciaba.

El don de Beth era la habilidad para alejar insectos con malas intenciones: avispas, saltamontes y hormigas. Las flores de la caléndula poseen esa cualidad. Muchas personas las plantan en sus jardines para evitar que los insectos les devoren las plantas y las hortalizas. A diferencia de lo que ocurre a la mayoría de las personas, a Beth nunca le picaban los mosquitos.

Cuando el señor Wimple terminó su trabajo, se entretuvo para despedirse de las niñas. Llevaba los bolsillos y la vuelta de los pantalones repletos de puntas de espárragos.

—Me los llevo al jardín de la señora Harrison —explicó—. No planta espárragos, pero le encanta que aparezcan los voluntarios. Los voluntarios son las plantas y las hortalizas que crecen sin que nadie las haya plantado. Acostumbran a ser semillas que vuelan de otros jardines o son transportadas por pájaros o ardillas, y brotan solas. Será un placer para la señora Harrison. Llorará de contenta. Cree que esos vegetales espontáneos son mágicos.

Y tras volver a despedirse de las hadas, el señor Wimple se fue corriendo hacia otro jardín.

Capítulo tres

Pesadillas

l poco rato de marcharse el señor Wimple, Cardencha dijo a Libélula:

—Pareces cansada, Jennifer.

—Es que me cuesta conciliar el sueño —comentó Jennifer—. Mi cabeza no para de dar vueltas a las cosas. Mis padres me llaman la pensadora. Siempre estoy cavilando y haciendo planes. —Se detuvo unos segundos antes de continuar—: Pero desde hace un par de noches tengo pesadillas y no puedo dormir. Supongo que por eso estoy un poco cansada. Desde los cinco años sueño una y otra vez en el ascensor que cae y, a pesar de saber que va a caerse, entro en él.

—Yo también he tenido pesadillas —advirtió Luciérnaga—. Sueño con momias. Mi madre dice que veo demasiadas películas. ¡Qué casualidad que las dos tengamos pesadillas!

—No os lo vais a creer —añadió Cardencha—, pero anoche también tuve una pesadilla. —Sus ojos grises se agrandaron más de lo habitual al decir—: Desde hace una semana tengo el mismo sueño. El puerco espín viene a recuperar su púa y me ataca. Pero yo sólo dispongo de una púa mientras él tiene miles. Me aterra.

Luciérnaga buscó la palabra *pesadillas* en su libro mágico y leyó la información a sus amigas:

Pesadillas: Las pesadillas son sueños provocados por el duende de los dormitorios, un espíritu malvado del sueño que se introduce en las personas dormidas. Muchas pesadillas quedan atrapadas en la Telaraña de los Sueños, una telaraña mágica tejida por la Araña de los Sueños. Los sueños agradables se desplazan sobre las alas de las palomas.

Las hadas permanecieron sentadas, reflexionando unos minutos. Finalmente, todas las miradas se dirigieron hacia Beth, la única que no se había pronunciado sobre sus sueños.

Como seguía callada, Luciérnaga preguntó:

—¿También tienes pesadillas, Caléndula?

Pero Beth seguía sin decir nada, y las otras niñas la observaban con interés. Hasta que por fin, no pudo aguantar más y dijo:

—Está bien, tengo pesadillas. Pero no quiero compartirlas con nadie.

Se acercó a la barandilla del porche y observó el jardín.

Las hadas se miraron entre sí, sorprendidas y preocupadas.

—Deben ser unas pesadillas terribles —susurró Cardencha.

—Jennifer tienes una casa fantástica. ¡Es enorme! —dijo Lenox con intención de poner punto final a la charla sobre las pesadillas y sobre Beth.

La casa era un gran edificio de tres plantas con habitaciones espaciosas, techos altos, vestíbulos amplios, y un porche alrededor. Aparte, también contaba con un garaje, un taller y una cabaña en el jardín.

—Que sea grande no significa que sea mejor que otras casas —respondió Jennifer encogiéndose de hombros—. A veces incluso me pierdo. Eso no es agradable, ¿verdad? —Y tras pensar un poco, añadió—: Pero aprendí a patinar por sus pasillos. Era muy divertido. Además, tengo mucho espacio para mis cubos de reciclaje. Vayamos a echar un vistazo a la zona de reciclaje.

Las hadas tomaron su aspecto natural de niñas y siguieron a Jennifer al interior de la casa. Las acompañó hasta la habitación que hacía de despensa y fregadero. Era muy grande y tenía una pared reservada para los contenedores de reciclaje clasificados por colores.

Jennifer era muy respetuosa con el medio ambiente, como la mayoría de las hadas. Pero ella cumplía con sus obligaciones hasta las últimas consecuencias. Tenía recipientes para los periódicos, las botellas de plástico, las la-

tas de acero, las revistas, las bolsas de plástico, las latas de aluminio y el cristal. Siempre que podía, reutilizaba objetos. Su habitación estaba repleta de jarrones y cajas de plástico donde guardaba abalorios, conchas, cordel y lápices.

Jennifer también era la autora de un folleto titulado *51 Formas de reutilizar las latas de café*. Lo distribuyó en la escuela y entre sus amigas del Círculo Mágico. Por esa causa, la madre de Lenox usaba una lata de café como taburete en el cuarto de baño para alcanzar las toallas de la estantería más alta del armario. Y cuando no se utilizaba, se guardaba bajo el lavabo porque tenía el tamaño justo para meterla allí. La madre de Beth también almacenaba la comida de su perro *Cacahuete* en latas de café. Así evitaba que las hormigas se colaran en la comida, y esas latas se podían verter fácilmente. Jennifer trabajaba en un nuevo folleto, *102 Formas de reciclar los botes de mantequila,* que pensaba terminar para diciembre.

Jennifer sacó un objeto del bolsillo:

—No sé qué hacer con esto.

Era una anilla de goma agrietada procedente de un bote de conservas que ya no podía usarse para precintar confituras, escabeches o mermeladas.

—De momento no podemos reciclar goma. Pero esta anilla de goma es muy resistente y quiero encontrarle alguna utilidad. —Se encogió de hombros y volvió a guardarla en el bolsillo—. Me han prohibido molestar al señor Longfellow, que vive al otro lado de la calle —comentó a sus amigas como si quisiera dar una última información sobre reciclaje y, ante la mirada interrogadora de las niñas, Jennifer añadió—: Tiraba todo tipo de plásticos, y hace un par de meses le di una explicación sobre lo que sucedía con el plástico que iba a los contenedores. El cristal y el papel no son tan perjudiciales, pero el plástico es horrible. Parece que ya no tira tanto plástico como antes. Puede que me hiciera caso. Pero no dejan que le moleste, y por eso voy a verlo a escondidas. Aún tira los periódicos, y ayer le pedí que una vez a la semana me dejara usar sus diarios para trabajos escolares. Los añado a los nuestros y así los reciclo —teminó de explicar Jennifer, muy satisfecha de su actuación.

Las demás hadas admiraban el trabajo y la dedicación de Jennifer, pero dudaban que fueran capaces de dar consejos a sus vecinos adultos, y les sorprendía que ella controlara la basura de los demás.

Cuando ya se disponían a sacar las cuentas y los objetos necesarios para hacer joyas en la mesa de la cocina, madame Monarca y madame Mamá aparecieron en el vestíbulo.

—Niñas, vamos a un Círculo Mágico de urgencia —dijo madame Mamá, y luego añadió—: Debemos resolver un problema urgente.

—¿Está relacionado con las pesadillas? —preguntó Jennifer, mirando de soslayo a Beth.

Durante unos minutos se hizo silencio. Luego, madame Monarca respondió mirando a madame Mamá:

—Una vez más se nos han adelantado. Claro que está relacionado con pesadillas. Debemos ir enseguida. Se trata de una misión importante y compleja que nos mantendrá ocupadas un par de días.

Mientras las niñas guardaban sus bolsas de cuentas, madame Monarca contó a Grace, Beth y Lenox:

—He avisado a vuestros padres. Les he preguntado si podíais quedaros a dormir dos noches en mi casa, con el pretexto de que iríamos a nadar y a una feria de artesanía. De vez en cuando, los iré llamando por teléfono para que no se preocupen, en caso de que llamen a casa y no responda nadie.

La tía de Beth vivía sola. Por eso, le resultaba fácil mezclarse en aventuras sin que la echaran en falta. Y eso hacía de su casa el lugar perfecto para el resto de las hadas.

Antes de salir de casa, madame Mamá dijo a Jennifer:

—He llamado a tu madre al trabajo para contárselo.

Cerraron la casa y se fueron sin tardanza.

Se acomodaron en la furgoneta verde limón y se abrocharon los cinturones.

Beth se sentó en el asiento trasero y se acurrucó en el rincón contra la puerta. Suspiró y pensó en sus pesadillas. Durante las tres últimas noches, había soñado que estaba con sus amigas en una aventura mágica. Pero Libélula quedaba atrapada en la telaraña de una araña gigante que avanzaba hacia ella.

Se suponía que Caléndula debía ser capaz de ahuyentar las arañas con su don mágico. Pero permanecía muerta de miedo, incapaz de moverse y ayudarla. Por otra parte, Luciérnaga no podía hacer nada contra la araña porque no tenía poderes sobre ella. Cardencha, en cambio, luchaba contra la araña, pero era demasiado pequeña y necesitaba ayuda. A pesar de ser muy valiente, Cardencha no lograba salvar a Libélula. Necesitaba la ayuda de Caléndula.

Beth había descubierto en el verano que era hada. Desde entonces aún no había tenido necesidad de poner a prueba sus poderes mágicos. ¿Y si no era capaz de afrontar un peligro? ¿Morirían sus amigas por su falta de valor?

Se sentía muy mal y estaba tan angustiada que le faltaba aire, no podía respirar y temblaba de pies a cabeza. Estaba aterrorizada y las lágrimas comenzaron a resbalar por sus

mejillas. Por eso, volvía el rostro hacia la ventana.

Jennifer, sentada a su lado, percibió que sucedía algo, pero no dijo nada. Sin embargo, rodeó a Beth con su brazo y la abrazó.

Capítulo cuatro

El Círculo Mágico

ficialmente sólo podían asistir quince hadas a un Círculo Mágico. En el último que se había celebrado, la reunión tuvo lugar bajo un sauce para anotar ideas y resolver problemas, porque estos árboles inspiran comunicación e ideas creativas. En esta ocasión, se reunían bajo un roble situado en una pequeña zona boscosa a las afueras de la ciudad.

Los robles están llenos de sabiduría y de visiones de futuro, y las hadas esperaban que esto las ayudaría a tomar decisiones y hacer planes. Pero los robles suelen dar consejos a partir de complicadas adivinanzas que no pueden resolverse con suficiente rapidez para ayudar a alguien.

A pesar de que los robles tienen capacidad para ver el futuro, temen dar demasiada información. Hace mucho tiempo, aprendieron que, con su habilidad para predecir, al dar consejos que podían influir en la manera de hacer las cosas, corrían el riesgo de cambiar el futuro. Esa fue la razón por la que decidieron sugerir adivianzas complicadas para que unas personas se cansaran de buscar su sentido y desistieran, mientras otras tardarían tanto tiempo en resolverlas que los acontecimientos futuros ya habrían ocurrido antes de

que hubieran hallado la solución. A pesar de esto, las hadas creían que era muy alentador estar sentadas bajo tanta sabiduría y conocimientos.

Libélula reconoció a muchas de las hadas que se habían congregado en el Círculo Mágico, entre ellas a Azucena, Primavera, Tradescantia, Margarita, Tulipán, Ipomea y la señora June Beetle, vecina y tutora de Luciérnaga.

La tutora de Cardencha también había llegado. Las tutoras de las hadas no siempre eran hadas. La de Cardencha, por ejemplo, era un petirrojo. Madame Petirrojo era anciana y sabia; era capaz de hablar, algo muy poco habitual. Los animales y los pájaros sólo hablaban si estaban embrujados. A madame Petirrojo, por tanto, la habían embrujado en algún momento de su vida. Nadie parecía conocer la historia del encantamiento, y por eso madame Petirrojo era misteriosa y emocionante a los ojos de las hadas jóvenes.

Madame Sapo era la presidenta de las hadas de aquella región. Impresionaba con su color fango de un verde marronoso. Llevaba un vestido verde pálido, en el que brillaban gotas húmedas, y tenía unas alas pequeñas de color verde oscuro, colocadas sobre su robusta espalda. Madame Sapo llevaba una varita de rosas de pitiminí rojas y una corona de las mismas rosas, a juego con la varita. Sus grandes ojos negros brillaban con intensidad y tenía una voz potente y autoritaria. Comenzó el encuentro con un estruendoso chillido y gritó:

—¡Bienvenidas! ¡Bienvenidas! ¡Atención, atención! ¡Atentas todas! Nos hemos reunido para discutir sobre el problema de las pesadillas. Antes de empezar, nuestro agradecimiento a las palomas.

Madame Sapo señaló hacia el lugar donde unas cuantas palomas cansadas y sucias, arrullaban medio dormidas.

—Han hecho horas extras repartiendo dulces sueños para equilibrar el problema de las pesadillas. De no ser por ellas, el tema sería mucho más grave.

Se escucharon unos aplausos breves y madame Sapo prosiguió:

—Han destruido la Telaraña de los Sueños. Ayer me cercioré de ello acompañada por el Hombre de Arena. No se sabe quién ha sido ni cómo la han descubierto. Pero debemos reconstruirla lo antes posible o el problema será más grave. Me he puesto en contacto con la Madre Naturaleza.

Las hadas se miraron entre sí. Para cualquier ser vivo resultaba muy extraño encontrarse con la Madre Naturaleza. Era la guardiana de muchos espíritus mágicos y seres como las hadas, los duendes, los enanos y los trolls, y, además, supervisaba todas las actividades de la naturaleza. Pero era muy peligrosa y era imposible predecir si se la encontraría en una de sus formas seguras, como el rocío, la brisa o la llovizna. La Madre Naturaleza a menudo se presentaba en formas peligrosas como el pedrisco, el géiser y el alud.

—Por fortuna —siguió diciendo madame Sapo—, cuando hablé con ella había tomado la forma del arcoiris. Me entregó la agenda y localización de la Araña de los Sueños. Se halla en el extremo norte y actualmente está de vacaciones. Debemos ir a su encuentro. El viaje es largo y tendremos que dormir en el bosque cercano a su casa. Las hadas tendrán que partir en cuanto acabe la reunión, viajar el resto del día y reunirse con la araña mañana por la mañana. Está demasiado lejos para que viajen solas y, en este caso, la velocidad es fundamental. Los duendes han accedido a ayudarnos. Nos han solucionado el transporte.

En aquel momento las hadas se percataron de que entre las sombras, tras madame Sapo, había un par de duendes. Detrás de los duendes esperaban un halcón y un búho. Los duendes no tenían alas y por lo tanto no podían volar, por eso utilizaban pájaros y otros animales como medio de transporte para sus viajes. Libélula reconoció a uno de los duendes de su Círculo Mágico del verano.

Madame Sapo presentó a los asistentes al Círculo Mágico:

—Ya conocéis al duende Cristóbal, y este otro es el duende Esteban.

Los duendes obtienen su espíritu de cosas como piñas, setas y otros elementos naturales y terrosos. Miden unos dieciocho centímetros de altura y casi siempre visten ropa de color tostado o marrón.

Cristóbal y Esteban vestían ropa de color tostado. Cristóbal era un duende de bellota, de pelo castaño, y llevaba una gorra de bellota en la cabeza. Esteban era un duende pelirrojo de guijarro de río y lucía un collar de piedrecitas alrededor del cuello. Ambos caminaban arrastrando los pies y escondían las manos en los bolsillos. Cuando los presentaron, se sonrojaron y miraron al suelo.

—Cristóbal y Esteban —comentó madame Sapo—, han hablado sobre nuestra situación con sus amigos pájaros. El búho y el halcón han aceptado trasladar a las hadas en el viaje de ida y vuelta a casa de la Araña de los Sueños. He explicado a los pájaros la localización y las direcciones que deben seguir y he decidido que el grupo que viajará estará formado por Libélula, Cardencha, Caléndula y Luciérnaga, por sus especiales dones mágicos. La Araña de los Sueños, un ser no demasiado amigable, no soportará que la molesten. Libélula, gracias a su rapidez, podrá hablar con ella manteniéndose a una distancia prudencial. Cardencha y Caléndula pueden defenderse, si son atacadas. Y Luciérnaga será indispensable a lo largo de todo el viaje. Madame Mamá, madame Monarca y madame Petirrojo se encargarán de supervisarlo todo. A continuación, voy a presentar al Hombre de Arena a todas aquellas que aún no lo conocéis.

Dicho esto, el Hombre de Arena surgió de detrás del tronco de roble.

Medía poco más de treinta centímetros, qui-

El Hombre de Arena

zá unos treinta y cinco, y tenía un color de arena brillante. Era muy delgado. Si se hubiese quedado inmóvil, las hadas lo habrían confundido con un gran castillo de arena. El sombrero y los zapatos terminaban en punta, y su barba era tan larga que le llegaba hasta los pies. La llevaba enrollada como un sacacorchos. Saludó a todos con mucha educación y dejó que madame Sapo siguiera con su charla.

—El Hombre de Arena acompañará al grupo en su viaje porque es directamente responsable de los problemas relacionados con el sueño y los sueños.

Libélula buscó información sobre el *Hombre de Arena* en su libro mágico:

Hombre de Arena: Ser mágico cuya tarea es provocar el sueño. Viaja por todo el mundo, haciendo dormir a todo tipo de seres vivos a base de lanzarles arena mágica del sueño a los ojos.

A Libélula le pareció que el Hombre de Arena era un ser sorprendente. Solía costarle conciliar el sueño, por eso pensó que sería fenomenal recibir de vez en cuando su visita. Sin embargo, dudaba sobre el efecto que produciría en ella la arena del sueño, ya que su mente inquieta era la que la matenía desvelada.

Madame Sapo se disponía a hablar de nuevo, cuando un curioso fenómeno recorrió el Círculo Mágico. De repente, todas las hadas sintieron picor y empezaron a rascarse. Segundos después, el picor era tan horrible y la necesidad de rascarse tan fuerte que ni siquiera podían pensar.

Esteban, el duende, no podía dejar de reír. Momentos antes había pasado corriendo por el lado exterior del Círculo Mágico, y había echado unos cuantos polvos de pica-pica a cada una de las hadas.

—¡No es momento de hacer bromas, Esteban! —lo riñó el duende Cristóbal que también se reía para sus adentros.

Y antes de meterse en más líos o de tener que enfrentarse al grupo de hadas enojadas, los dos duendes decidieron marcharse. De repente, salió un zorro del sombrío bosque y los duendes saltaron precipitadamente sobre su lomo.

—Debemos irnos —gritó Cristóbal a madame Sapo—. No es necesario que nos deis las gracias. El halcón y el búho ya saben lo que deben hacer.

Dicho esto, el zorro desapareció con una sacudida de su peluda cola rojiza.

Mientras las hadas seguían molestas a causa de la picazón, pero madame Sapo tomó las riendas del asunto.

—¡Un poco de calma! ¡Tranquilizaos! —dijo a voz en grito, y comenzó a trazar pequeños ochos con su varita de rosas al tiempo que decía—: *Picor permanente, picor permanente.*

Y de la varita empezaron a aparecer unas pequeñas nubes grises en forma de ochos, como anillos de humo, que se iban aproximando a las hadas. En el instante en que las nubecillas tocaban a las hadas, su picor desaparecía.

La mayoría de las hadas estaban muy enojadas, excepto Cardencha. Se lo pasaba en grande con las travesuras de los duendes y se revolcaba por el suelo sin poder contener la risa.

—Antes de este verano jamás habíamos invitado a los duendes al Círculo Mágico —dijo madame Sapo a las hadas—. Cuando solicitaron nuestra ayuda para conseguir la Pluma de la Esperanza se guardaron bien de gastarnos bromas. Ahora que somos nosotras quienes pedimos ayuda, ya habéis visto cómo las gastan, a pesar de que ha sido fácil solucionarlo. Recordad que los duendes no pueden liberarse de sus propias bromas. Aunque, por el buen funcionamiento del equipo, bien podemos aguantar la pequeña travesura de un duende.

Las carcajadas de Cardencha habían terminado. Se levantó del suelo y, con los ojos llenos de lágrimas de tanto reírse, se sacudió el vestido. Sus amigas la observaban sonrientes.

Las mochilas de las hadas contenían una almohada, una manta, agua, bocadillos de mantequilla de cacahuete y de crema de chocolate, caramelos de jalea de limón, galletas de hojaldre espolvoreadas con azúcar en polvo y frambuesas. Madame Mamá también llevaba un gran termo con café.

—No puedo vivir sin mi café —dijo.

Libélula cargó su mochila a la espalda y se colgó del hombro el escudo de fuego que había llevado al Círculo Mágico. El escudo de fuego era del tamaño de una moneda grande y se utilizaba para evitar que se tiznara el suelo al encender una hoguera mágica. Libélula había decidido llevar el escudo de fuego a cada reunión del Círculo Mágico por si decidían encender una hoguera. Era de hierro e iba atado con una cadena para transportarlo con facilidad. Con el escudo de fuego colgando a su espalda, Libélula parecía una pequeña guerrera preparada para la batalla.

Cuando todo estuvo dispuesto, decidieron que el búho llevaría al Hombre de Arena, Cardencha viajaría con madame Petirrojo y el resto de hadas irían a lomos del halcón. Las hadas eran pequeñas y ligeras, y el halcón no tendría dificultades para transportar a cinco de ellas.

—Si me das las llaves, Evelyn —dijo madame Sapo a madame Monarca—, me aseguraré de que te lleven el coche a casa. De esta forma, podréis regresar directamente.

—Adelante hadas, volad, tenéis trabajo que hacer —se despidió la jefa de las hadas—. Buena suerte. Las palomas seguirán trabajando de lo lindo hasta que la telaraña esté rehecha. Tenéis que ser rápidas y eficientes, que la Araña de los Sueños regresará de inmediato.

El resto de hadas también se despidió del grupo que despegaba y les deseó mucha suerte.

Capítulo cinco

El viaje

unca habían volado tan alto las hadas. Cardencha era la única que había volado antes sobre un pájaro. Era una experiencia magnífica. A pesar del aire fresco, las plumas del halcón evitaban que tuvieran frío.

Madame Petirrojo volaba junto al halcón. Ellos abrían la marcha y el búho iba detrás. El Hombre de Arena no estaba acostumbrado a volar y se abrazaba con fuerza al cuello del búho. Libélula había volado en avión pero ahora el espectáculo era mucho mejor.

Volaban más alto de lo que acostumbran a hacerlo las hadas, pero más bajo que los aviones. El paisaje parecía una colcha de retales y los colores eran preciosos. Vieron un lago, un bosque esmeralda, un río plateado y un campo de heno dorado. Sobrevolaban valles, montañas, riachuelos, autopistas, bosques y casas. Hubo un momento en que las hadas se cruzaron con unas palomas que parecían cansadas y volaban en dirección opuesta. Madame Petirrojo les cantó una tonada alentadora y ellas respondieron con un arrullo.

Durante un rato, nadie habló. Contemplaban el paisaje en silencio. Libélula buscaba una ocasión para regañar a Caléndula por su amistad con el duende Alan. Alan era el nuevo guardián de la Pluma de la Esperanza. Las hadas lo habían conocido durante el verano y a Caléndula le caía muy bien. Libélula sabía que ambos se habían mandado mensajes con nueces durante los últimos dos meses.

Las nueces que se utilizaban para la comunicación mágica estaban vacías y en su interior se escondían cartas y notas. Luego, los pájaros y otros animales los llevaban a las hadas.

Intentando que no se le escapara la risa y

en un tono de voz serio, Libélula preguntó a Caléndula:

—¿Tienes noticias de Alan? ¿Qué es de su vida?

—Recibí dos mensajes suyos la semana pasada —respondió Caléndula—. Aún esparce esperanza con su pluma. Hasta diciembre tiene que trabajar con ella. Últimamente ha vivido muchas aventuras. Una garceta lo dejó caer en un campo de ganado lleno de barro. Evidentemente, a las garcetas les encanta estar con el ganado, pero no les gusta transportar duendes. Otro día, un águila pescadora lo lanzó a un lago. El águila olvidó que lo llevaba encima y se sumergió para zamparse un pez. A pesar de todo, ha tenido experiencias agradables. Un castor muy amable lo ayudó a cruzar un río. Y ahora está camino de la Patagonia, ayudado por los delfines y las ballenas. Va una vez al año y, según parece, cuanto más alto vuelan con la pluma más esperanza esparcen y más duradera es. Subirá a la cima de los Andes con un cóndor gigante.

Caléndula se detuvo para tomar aire. Enton-

ces se dio cuenta de que las otras niñas reían para sus adentros, y oyó que cantaban a coro: *¡Beth tiene novio, Beth tiene novio!*

Se sonrojó un poco. Miró hacia delante con los ojos entrecerrados e intentó no hacerles caso.

—Niñas, dejad de bromear —pidió madame Monarca. Ella y madame Mamá también sonreían.

Poco después, las hadas empezaron a aburrirse. Libélula se había llevado un trozo de cuerda y jugaron al juego de la cuna, a hacer figuras por parejas, y a otros juegos con la cuerda durante una hora.

Libélula permanecía sentada al lado de Luciérnaga y se dio cuenta de que su amiga estaba más callada de lo habitual.

—¿Qué te ocurre, Lenox? —preguntó.

—No lo sé. Hay algo que no funciona —respondió Luciérnaga—. Quiero decir que sucede algo peor que las pesadillas y la destrucción de la Telaraña de los Sueños —reflexionó un momento antes de continuar—: Mi luz me advierte que nos engañan, pero no acabo de

comprenderlo. ¿Quién nos engaña? Aquí todos son de confianza, ¿verdad?

—Eso creo —dijo Libélula y tras pensar un
poco preguntó—: ¿Habías estado alguna vez
en el norte? Quizá tenga relación con la distancia o con la dirección.

—Debe ser eso —suspiró Luciérnaga—. No
me gusta sentirme así.

Las dos niñas guardaron silencio al percatarse de que el Hombre de Arena las observaba.

Cuando oscureció, Luciérnaga empezó a brillar para proporcionar suficiente luz y las hadas sacaron sus varitas. Madame Mamá tenía una varita de aguja de pino y madame Monarca llevaba una semilla de diente de león. Todas las hadas susurraron las palabras *luz mágica* y los extremos de sus varitas brillaron con suavidad.

El búho, el halcón y madame Petirrojo no necesitaban luz para volar. Pero las hadas, tan lejos de casa y en el aire, se sentían más seguras con un poco de luz.

Capítulo seis

Trolls

penas una hora después de oscurecer, los pájaros descendieron y aterrizaron en un bosque.

—Esta noche, acamparemos aquí —dijo madame Mamá—. Mañana temprano, el búho y el halcón nos mostrarán el lugar donde vive la Araña de los Sueños.

El búho y el halcón se alejaron en busca de alimentos y agua. El Hombre de Arena fue a dar un paseo para estirar las piernas mientras las hadas deshacían sus mochilas.

Buscaron un espacio blando entre las raíces, cerca del musgo del tronco de un árbol, sacaron los sacos de dormir y las almohadas.

Después desempaquetaron sus provisiones. Todas buscaban los caramelos de jalea de limón. ¡A las hadas les encantan! Primero, se comieron los bocadillos de mantequilla de cacahuete y de crema de chocolate, y reservaron para los postres los caramelos de jalea de limón.

Libélula amontonó ramas y hojas secas y las colocó en la parte hueca del escudo de fuego. Madame Mamá se mantenía junto a ella

para controlarla mientras Libélula agitaba su pluma de pavo real sobre la leña y susurraba: *Enciéndete.*

Enseguida apareció un fuego que iluminó el campamento y calentó a las hadas que tiritaban de frío.

—Lo has hecho muy bien, bonita —dijo madame Mamá a Libélula y, tras observar un instante las llamas, añadió—: Pero debes recordar que este truco con la varita únicamente puedes hacerlo en presencia de una hada adulta.

—Lo sé, abuela —sonrió Libélula.

Madame Monarca y madame Petirrojo regresaron de una ronda de exploración alrededor del campamento.

—Hemos encontrado varios montones de hojas, bellotas y muchas ramas. Seguramente por los alrededores hay trolls. No acostumbran a ser peligrosos, aunque son muy fisgones. Será mejor que permanezcamos quietas.

Libélula se sentó con las piernas cruzadas y consultó la palabra *trolls* en su libro mágico. Se dio cuenta de que Cardencha y Caléndula tam-

bién hojeaban sus manuales, mientras Luciérnaga leía por encima del hombro de Cardencha. En esta ocasión, Libélula leyó en silencio:

Trolls: Seres mágicos que miden unos
veinte centímetros de altura y casi lo
mismo de ancho. Poseen ocho dedos en
las manos y en los pies, y suelen vivir
en guaridas y en cuevas de los bosques.
Duermen durante el día. Si los cazan
a la luz del día, se convierten en piedra. A los trolls les encanta apilar hojas, piedras y ramas. Se sienten con-
fusos con mucha facilidad y como
apenas tienen memoria, necesitan que
constantemente les recuerden las cosas.

Libélula tenía mucha imaginación. Mientras permanecía sentada pensando en los trolls,
creyó que soñaba despierta al ver que tres trolls
enormes se dirigían hacia el campamento. Sólo se dio cuenta de que eran de carne y hueso
cuando las hadas empezaron a gritar asustadas.
Cada uno de los trolls llevaba una campa-

na de cristal. Y antes de que las hadas y la madame Petirrojo tuvieran tiempo de volar fuera de su alcance, quedaron atrapadas en el interior de las campanas. Madame Petirrojo y Cardencha quedaron dentro de una, madame Monarca, Luciérnaga y madame Mamá, en otra, y Caléndula y Libélula estaban prisioneras en la tercera.

—¡Las hemos atrapado! —gritó uno de los trolls.

Era un troll joven. Los otros dos, por su edad, podían ser sus padres.

Los tres tenían el pelo y las cejas frondosas y rubias, y la nariz alargada. Vestían una ropa que parecía suave y cómoda: pantalones, jerséis, chaquetas y zapatos, con algunos de los colores del bosque como mostaza, arándano, oliva, chocolate, canela, calabaza y apio.

Los trolls se sentaron frente a las campanas para observar a las hadas.

—Siempre que hay problemas —dijo al fin el padre troll—, aparecen las hadas.

Meneó la cabeza e hizo una pausa antes de

dirigirse a la hadas. Luego señaló a la chica troll y dijo:

—Mi Esmerelda ha tenido unas pesadillas terribles. No le había sucedido jamás. ¡Y ahora llegáis las hadas! Seguro que sois las culpables del problema.

Pero antes de que siguiera hablando y antes de que pudiera hacerlo cualquiera de las prisioneras, otras dos hadas llegaron al campamento. Una era una pequeña hada musaraña mágica. Era de color marrón plateado brillante y sujetaba una varita de tulipán roja. La otra era un algodoncillo mágico de pelo negro, y su varita consistía en una pluma de faisán. Llevaba un vestido confeccionado con hilos blancos, largos y sedosos, del algodoncillo.

Flotando frente al rostro del hombre troll, madame Musaraña dirigió su varita hacia él y con potente voz ordenó:

—¡Suéltalas! ¡Libéralas enseguida y hablemos!

Ante las dudas del troll gritó:

—¡Ahora mismo!

Estaba claro que los trolls respetaban mucho a la hada Musaraña porque los tres dieron un respingo, levantaron las campanas y las dejaron a un lado. Luego, se sentaron de nuevo mirando con timidez mientras madame Musaraña se presentaba a las demás hadas:

—Soy madame Musaraña y ésta es Algodoncillo. Soy la jefa de las hadas de esta región. He recibido un mensaje de madame Sapo y al punto hemos venido a ayudaros.

Madame Musaraña y Algodoncillo dieron la mano a todas las hadas. Algodoncillo era un poco mayor que Libélula, Caléndula, Cardencha y Luciérnaga.

—Me llamo Caitlin. Madame Musaraña es mi tutora —dijo mientras las saludaba.

En aquel instante, el Hombre de Arena regresó al campamento y se sorprendió de ver rostros desconocidos. Madame Mamá le presentó a las recién llegadas.

Luego, madame Musaraña presentó a los trolls:

Earl, Edna y su hija Esmerelda.

No tuvieron tiempo de intercambiar noticias porque los trolls estaban bastante inquietos.

—Esmerelda ha tenido pesadillas y estas hadas tienen la culpa. Las hadas no andan lejos cuando hay problemas —dijo el padre troll con impaciencia a madame Musaraña.

—Es porque las hadas solucionan problemas, Earl. ¿Recuerdas? Las hadas solucionan problemas. Han venido hasta aquí para ayudar a arreglar el problema de las pesadillas. Mañana temprano irán a visitar a la Araña de los Sueños. Alguien ha destruido la Telaraña de los Sueños y la Araña deberá reconstruirla de nuevo.

Los trolls estaban boquiabiertos.

—Nadie ha podido ver nunca a la Araña de los Sueños —dijo Edna—. He oído decir que es feroz.

—Siento haberos hecho prisioneras —dijo Earl a las hadas—, pero Esmerelda no es la única que padece pesadillas. Nuestros vecinos trolls, Carl y Cate y su hija Clementina, también las han tenido. Los vimos hace un par de días. Viven allá arriba.

Cada uno de los trolls señalaba en una dirección distinta.

—Bueno, no recordamos exactamente dónde viven —añadió Earl carraspeando—, pero los vemos de vez en cuando, por eso sabemos que viven cerca.

Las hadas, el Hombre de Arena, los trolls y madame Petirrojo se sentaron a charlar un rato. Los trolls sacaron malvaviscos de sus bolsillos y los ofrecieron a las hadas para tostarlos. Por su parte, las hadas compartieron con los trolls sus frambuesas y los caramelos de jalea de limón.

A los trolls les costaba entender que un malvavisco fuera suficiente para todas las hadas, ya que los malvaviscos eran muy grandes y las hadas muy pequeñas. Al final, las hadas decidieron no dar más explicaciones y aceptaron agradecidas los malvaviscos. Cuando cada una tuvo su propio malvavisco, los trolls parecieron satisfechos y se intercambiaron sonrisas de felicidad.

A cada troll le tocaron tres caramelos de jalea de limón y dos frambuesas. Dieron las gra-

cias a las hadas con mucha amabilidad. Y mientras las hadas tostaban trozos de malvavisco ensartados a pequeñas ramas, charlaron con los trolls. Libélula se dio cuenta de que madame Musaraña recordaba varias veces a los trolls que las hadas iban a solucionar el problema y que no eran las culpables de lo que sucedía.

Una hora más tarde, los trolls se marcharon. Mientras se despedían, Earl les dijo:

—Esta noche amontonaremos piñas y buscaremos corros de setas venenosas. —Lo decía lleno de emoción.

Los trolls hicieron una mueca y se despidieron. Tomaron sus campanas de cristal y desaparecieron entre los árboles.

—Mañana encontrarán un corro de setas venenosas en este lugar —dijo madame Monarca sonriendo—: Los corros de setas venenosas suelen aparecer tras un encuentro de hadas.

Era hora de acostarse y Libélula apagó el fuego con un poco de arena. Las hadas se acomodaron en sus blandos agujeritos con sus mantas y sus almohadas. Madame Musaraña y Algodoncillo también habían traído mantas y almohadas y se quedaron con ellas. El Hombre de Arena amontonó hojas secas para dormir sobre un buen jergón.

Caléndula no durmió demasiado bien, preocupada por su habitual pesadilla, y Luciérnaga se despertaba con un simple crujir de las hojas del Hombre de Arena. No podía dejar de pensar que sucedía algo anormal.

Capítulo siete

La Araña

de los Sueños

an pronto amaneció, las hadas se despertaron y se desperezaron. Con la luz del día, Algodoncillo parecía mucho más hermosa. Sus alas eran del mismo verde pálido que la vaina del Algodoncillo, y su brillante vestido de hilos de Algodoncillo resplandecía con la luz del sol.

Tras un ligero desayuno de galletas de hojaldre con azúcar en polvo y las últimas frambuesas, las hadas recogieron el campamento y prosiguieron su viaje sobre el búho y el halcón. Evidentemente, habían acampado cerca de la casa de la araña porque aterrizaron pocos minutos después de despegar.

La guarida de la Araña de los Sueños estaba en la pendiente de una montaña rocosa. El búho y el halcón se detuvieron ante una estrecha ranura de la roca, medio cubierta por una gran telaraña negra y viscosa.

A medida que las hadas se acercaban a la ranura, se dieron cuenta de que la telaraña se balanceaba lentamente y con ritmo, movida por la brisa de la mañana. Libélula y madame Mamá iban delante.

—¡Señora Araña de los Sueños! —gritó Libélula flotando al borde de la telaraña—. Salga, por favor, necesitamos su ayuda.

Al instante, la Araña de los Sueños apareció en la grieta de la roca. Era la araña más grande que habían visto las hadas. Tenía el cuerpo grande, gordo, peludo y negro, con franjas de diferentes colores en sus largas patas. Medía cerca de doce centímetros de alto y unos veinte de ancho.

Libélula se acercó a la Araña de los Sueños y sobrevoló por encima de su cabeza.

—¡Hola! —exclamó—. Venimos de parte de la Madre Naturaleza para pedir tu ayuda.

Antes de que pudiera seguir hablando, la Araña de los Sueños intervino. Su voz era tan profunda y tosca que parecía un trueno suave.

—Estoy de vacaciones, jovencita, y no me gusta que me molesten.

—Lo siento —respondió Libélula, tragando saliva—, pero han destruido la Telaraña de los Sueños y las pesadillas andan sueltas. Las palomas están fatigadas de tantas horas de trabajo extra. Es necesario que reconstruya la telaraña lo antes posible.

Cuando terminó de hablar, Libélula retrocedió lentamente. Miraba fíjamente a la Araña de los Sueños, y por ello no se dio cuenta de que se aproximaba mucho al extremo de su telaraña. Una punta de telaraña voló suavemente con la brisa de la mañana y atrapó el pie de Libélula. El hada tiró para liberarse, pero lo único que logró fue que el otro pie también quedara atrapado. La Araña de los Sueños comenzó a desplazarse lentamente hacia ella.

El Hombre de Arena, el búho, el halcón, madame Petirrojo y la mayor parte de las hadas contemplaban la escena horrorizados. Cardencha se lanzó hacia Libélula y se colocó entre ella y la araña para protegerla. Dirigió su varita hacia la araña y gritó:

—¡Retrocede, o te empujaré y te pincharé! —Y al tiempo que hablaba, agitó amenazante su varita como si fuese una espada—: ¡Lo haré!

Caléndula permanecía detrás de madame Mamá. Estaba aterrorizada. Su pesadilla se convertía en realidad. Estaba más asustada que en el sueño, y como se había temido, permanecía petrificada, inmovilizada, incapaz de mover un músculo.

En su interior, no obstante, dominaba otro sentimiento que no había aparecido en su pesadilla. Era una especie de valentía y de poder que nacía y crecía. Segundos más tarde, tenía la sensación de que el coraje y la confianza le salían por los poros. Sin pensarlo, voló rápidamente hacia delante y se colocó hombro a hombro con Cardencha, delante de Libélula.

La Araña de los Sueños seguía avanzando y estaba a pocos centímetros de ellas. Cardencha no dejaba de agitar su varita hacia la araña, para que no se acercara más. Sin necesidad de usar la varita, Caléndula levantó lentamente su mano derecha como si quisiera ponerla plana sobre una pared. La fuerza que salió de su mano hizo que la Araña de los Sueños se deslizara unos centímetros hacia atrás. Mantuvo la mano alzada. Cardencha y Caléndula se quedaron a la espera, mientras la araña guardaba las distancias. Madame Mamá se adelantó e intentó liberar a Libélula de la telaraña. Pero, a pesar de tirar con fuerza, su nieta seguía prisionera.

—No quería hacerle daño. Iba a ayudarla a liberarse —dijo la araña poco después. Se detuvo al ver que las hadas la observaban con desconfianza, pero luego añadió—: No me como a las hadas, pero si traéis un duendecillo rechoncho, me lo zamparé con gusto.

Las hadas se miraron espantadas al imaginar que la araña era capaz de comerse a sus amigos los duendes.

—Estoy bromeando —dijo la araña cabizbaja y, con un tono de voz enojado, añadió—:

No como duendes, ni petirrojos, ni hombres de arena. En realidad, soy vegetariana.

—¡Imposible! —dijo Libélula—. Nunca he oído decir que haya arañas vegetarianas.

—¿Y has oído hablar de una araña que hable? —respondió la Araña de los Sueños. Al ver que las hadas no decían nada, añadió—: Hay que echar un poco de polvo de duende en los pies.

Madame Mamá buscó un poco de polvo brillante de duende en la bolsa del cinturón y lo esparció sobre los pies de Libélula, que quedó libre de inmediato.

Las hadas se apartaron de la telaraña.

—Gracias —musitó Libélula.

—De nada —respondió la araña, y dirigiéndose a Caléndula dijo—: Ten cuidado al utilizar tu don, pequeña Caléndula. Es muy poderoso. Me has dado un buen empujón, y eso que soy bastante grande. No te gustaría aplastar a un saltamontes sólo porque te mirara riéndose.

Caléndula negó con la cabeza. Nunca había utilizado su don y, por tanto, era incapaz de imaginar la fuerza de su poder. No pretendía empujar con tanta fuerza a la Araña de los Sueños.

Antes de que nadie pudiese hablar, el Hombre de Arena se adelantó. Con una sacudida de su brazo, lanzó arena sobre los ojos de madame Petirrojo, madame Musaraña, Algodoncillo, Cardencha y madame Monarca. De repente, todas ellas cayeron al suelo profundamente dormidas.

—¿Qué haces? —gritó Libélula.

—Debo tratar asuntos privados con la Araña de los Sueños —respondió el Hombre de Arena con la mano metida de nuevo en su bolsa de arena. Un oscuro replandor iluminaba sus ojos.

¡Libélula se había dado cuenta demasiado tarde de que algo iba mal!

Notó el golpe de arena sobre sus ojos al mismo tiempo que lo notaban madame Mamá, Caléndula y Luciérnaga, el halcón y el búho. Todos cayeron al suelo.

El Hombre de Arena avanzó hacia la Araña de los Sueños, que hasta aquel momento había permanecido muy quieta observando en silencio todo lo que sucedía. Pero el Hombre de Arena no tuvo oportunidad de lanzar arena a la Araña de los Sueños. Libélula y madame Mamá sólo habían quedado aturdidas, pero no estaban dormidas. Por eso, se levantaron de un salto y volaron hacia el Hombre de Arena. Libélula, con uno de su mejores movimientos de futbolista, le arrancó la bolsa de arena de las manos de un chut. La bolsa fue a parar unos metros más allá, lejos del alcance del Hombre de Arena.

Madame Mamá siguió a Libélula y alzó su varita de aguja de pino:

—¡Quieto!

De la varita salió un fino y brillante rayo de luz azul que inmovilizó al Hombre de Arena.

—¿Cómo es posible? —gritó—. ¡Os he lanzado arena! ¿Por qué no os habéis dormido?

Madame Mamá dijo riendo:

—He tomado café durante cincuenta años. Deberías haberme lanzado algo más fuerte que arena para que me durmiera.

—Nunca me duermo fácilmente —añadió

Libélula—. Sufro de insomnio desde los tres años. Tus trucos con la arena, tampoco me hacen efecto.

El Hombre de Arena permaneció inmóvil al oírlas. Madame Mamá voló hasta quedar frente a él.

—¿Qué pasa? —preguntó—. Hombre de Arena, confiábamos en ti.

Sin darle tiempo a que respondiera, la Araña de los Sueños se acercó. Mirando fijamente al Hombre de Arena, dijo con una gran calma:

—Éste no es el Hombre de Arena.

El brillo sombrío de los ojos del Hombre de Arena se oscureció todavía más. Al mirarlo con intensidad, madame Mamá lo entendió todo. Retrocedió un poco, cerró los ojos, lo señaló con la punta de su varita y pronunció suavemente la palabra: *Sal.*

Un vapor gris salió silbando de la varita y cubrió a Hombre de Arena con una nube oscura, negra como el hollín. Después de provocarle tos y ahogo, el hollín empezó a correr por los ojos, las orejas, la nariz y la boca del Hombre de Arena.

Al extinguirse los chorros de hollín, el Hombre de Arena se derrumbó como un títere sin hilos. Entonces, la negrura dejó entrever la forma de una criatura parecida a un pequeño gremlin con largas orejas puntiagudas, un cuerpo lleno de bultos y unos dientes y unas pezuñas afiladas.

La Araña de los Sueños actuó con rapidez. Lanzó a la criatura largos hilos de telaraña, negros como la tinta. La araña hilaba los hilos de la telaraña a una velocidad tal que la Libélula y madame Mamá tuvieron que retroceder unos centímetros. En menos de un minuto, la negra criatura quedó cubierta hasta el cuello con un capullo de la telaraña.

—El Duende de los Dormitorios... —dijo la Araña de los Sueños con un tono de voz normal—, el espíritu malvado de los sueños que provoca pesadillas. Tendría que haberme dado cuenta. —La araña observó el capullo con atención y prosiguió—: Me parece que aguantará, pero queda un poco suelto alrededor del cuello, no me gustaría que se escapara. Debo encontrar algo para reforzarlo.

—¿Sirve esto? —preguntó Libélula, sacando goma elástica de su bolsillo.

—¡Perfecto! —dijo la Araña de los Sueños, atando la goma alrededor del cuello del capullo con sus largas patas delanteras.

Libélula se sentía contenta porque el objeto que no había podido reciclar era útil.

El auténtico Hombre de Arena se agitaba y gruñía. Se sentó y observó a las hadas y los pájaros que tenía a su alrededor.

—¿Hay algún herido? —preguntó.

—No. Sólo duermen —contestó la Araña de los Sueños.

Entonces el Hombre de Arena escondió la cara entre las manos y estalló en sollozos.

—El Duende de los Dormitorios me hizo prisionero hace dos semanas —dijo al calmarse—. Me tenía en su poder. Yo no podía controlar mis acciones.

El Hombre de Arena calló un momento y meneó la cabeza antes de proseguir:

—Destruí la Telaraña de los Sueños. El Duende de los Dormitorios me siguió porque yo sabía el lugar en el que se encontraba. Por ello me hizo prisionero y me obligó a mostrarle dónde estaba la telaraña. Quería matarte para evitar que pudieras reconstruirla. Lo siento muchísimo.

El Hombre de Arena temblaba y se sentía

muy triste, y volvió a esconder la cara entre las manos.

—No ha sido culpa tuya —dijo la Araña de los Sueños con simpatía. Su voz volvió a sonar calmada y amenazadora al dirigirse al Duende de los Dormitorios—: Eres el causante de todas estas desgracias. Has destruido mi telaraña, has provocado un exceso de pesadillas, has obligado a las palomas a trabajar más de la cuenta, has causado dolor y sufrimiento al Hombre de Arena y me has acortado las vacaciones. Y por si fuera poco, has obligado a las hadas a hacer un peligroso viaje. —A pesar de que estaba enojada, la oscura voz de la araña era baja y suave—: Bien, deberás explicarlo a la Madre Naturaleza. Te acompañaré personalmente a ella para reconstruir la Telaraña de los Sueños. Sé que ha tomado la forma de un huracán, allá en el Golfo. Será muy divertido para ti y puede que aprendas una lección.

Los enormes ojos negros del espíritu maligno se abrieron llenos de temor y lloriqueó un poco.

—Reconstruiré la telaraña tan rápido como pueda —dijo la Araña de los Sueños a Libélula y madame Mamá, colgándose el capullo a la espalda.

—¿Necesitas transporte? —preguntó Libélula—. Estoy convencida de que al búho le encantaría acompañarte.

La araña dejó escapar una risa tenebrosa que parecía el rumor lento del trueno.

—No —dijo, y añadió—: Aunque, gracias de todos modos. Viajo con mayor rapidez que los pájaros, querida. Adiós.

Y dicho esto, se marchó. No había exagerado sobre su velocidad porque Libélula y madame Mamá, solamente la vieron un par de segundos antes de que pasara como una gran flecha negra y se perdiera de vista rápidamente.

Entonces, madame Mamá dio instrucciones a Libélula sobre la manera de despertar a las hadas y los pájaros.

—La arena les ha afectado a los ojos y la cabeza, por eso no podemos empezar por aquí. El hechizo sería demasiado poderoso. Debemos empezar por los dedos del pie. Échales polvo de duende en los pies, apunta con tu varita y di: *Despierta.*

Tras hacerlo a cada uno de los pájaros y hadas, Libélula y madame Mamá esperaron que se produjera el efecto deseado. Unos minutos más tarde, las hadas y los pájaros empezaron a mover los pies. Después movieron las piernas. Finalmente, el hechizo mágico fue desplazándose hacia los rostros y todos se despertaron entre bostezando y desperezándose.

Libélula, madame Mamá y el Hombre de Arena, que se había recuperado un poco de su terrible experiencia, les contaron lo que había sucedido.

Deseosas de regresar a casa, las hadas se despidieron de Algodoncillo y de madame Musaraña, agradeciendo su ayuda, especialmente con los trolls. Después, el grupo se puso en marcha a espaldas del búho y el halcón.

Capítulo ocho

A casa para soñar mejor

Oh qué viaje. Durante el regreso, las hadas hablaron con el Hombre de Arena.

—Tenía la impresión de que algo no iba bien —dijo Luciérnaga—, ¡Fue mala suerte que no supiera adivinarlo! Habríamos podido actuar antes.

—No, bonita —contestó madame Mamá—. Nosotras solas no habríamos podido reducir al Duende de los Dormitorios. Necesitábamos la ayuda de la Araña de los Sueños, y tal como han ido las cosas, ha salido mejor.

—Mis pesadillas no eran sueños. Yo veía por adelantado lo que iba a pasar —dijo Caléndula—, que Libélula quedaría atrapada en la telaraña y que Cardencha intentaría ayudarla. No entiendo nada.

Permanecieron pensativas hasta que habló madame Monarca:

—Creo que podemos hacer responsable de tus sueños del futuro al roble que crece fuera de la ventana de tu habitación. Puesto que los robles pueden ver el futuro, tus sueños tomaron la forma de acontecimientos reales.

—Parece lógico —dijo Caléndula.

Al anochecer, el búho y el halcón aterrizaron en los bosques de las afueras de la ciudad para dejar al Hombre de Arena.

—Me alegra haberos conocido —dijo—. Gracias por todo. —Y antes de despedirse, añadió—: Quiero hablaros de una amiga…, un hada estrella de mar. Voy a visitarla cuando recojo arena de los sueños en el Golfo. Juntos hacemos figuras en la arena. Ya sabéis a qué me refiero, es como cuando os dejáis caer de espaldas en la arena y movéis los brazos. Después os levantáis y miráis qué figura habéis hecho.

El Hombre de Arena dejó escapar una risita y prosiguió:

—Allí no hay muchas hadas y se siente muy sola. Quizá podría traer a Estrella de mar a alguno de vuestros Círculos Mágicos.

—Hablaré con madame Sapo para ver si podemos invitarla —dijo madame Mamá—. No sé quien és la jefa de su región, pero estoy segura de que podremos solucionarlo. Está bien conocer a las hadas de otros lugares. Nos ha encantado encontrarnos con Algodoncillo y madame Musaraña.

Todas las hadas asistieron.

Entonces, los pájaros llevaron a las hadas a casa de madame Monarca. Éstas agradecieron al búho y el halcón la ayuda prestada y los pájaros se marcharon.

Madame Mamá y madame Monarca encargaron pizzas; juntas compartieron una estupenda cena a base de ensalada, pizza y cerveza de raíces.

Se quedaron hasta muy tarde comentando su aventura y degustando caramelos de jalea de limón. Después, las hadas se lavaron los dientes y se acostaron, cansadas, aunque muy contentas.

En el otro extremo de la ciudad, el señor Wimple regresaba a casa después de la Convención de los Gnomos de Jardín. Estaba muy contento. Llevaba los bolsillos y las vueltas de los pantalones llenos de semillas, raíces, bulbos y herramientas. Tenía un par de guantes de jardinería nuevos y una pala plegable. También había aprendido una técnica nueva muy secreta para dar color a los tulipanes con magia concentrada de duende. Este año, los duendes inventores se habían lucido.

El sábado siguiente a su aventura, a primera hora de la mañana, Libélula recibió un mensaje de Algodoncillo en el interior de una nuez. Un pequeño azulejo depositó la cáscara de nuez en el alféizar de la ventana de Jennifer.

Jennifer, me encantó conocerte. Celebraremos un Círculo Mágico especial de otoño, el primer sábado de octubre. Dime si tu abuela y tú podéis venir. Ha-

blaré con los duendes para organizar
vuestro transporte.
Tu amiga,
Caitlin.

Jennifer y su abuela salieron pronto al jardín para saludar al señor Wimple que les mostró orgulloso sus nuevos guantes y su pala. De repente, la Araña de los Sueños apareció en el jardín.

—¡Cáspita! —exclamó el señor Wimple—. Nunca había visto a nadie de tu especie por estos lugares.

Jennifer presentó la Araña de los Sueños al señor Wimple quien, de inmediato, continuó con su trabajo.

—He terminado la nueva Telaraña de los Sueños —explicó la araña a Jennifer y su abuela—. He pensado que os gustaría verla. Está en un nuevo paraje no muy lejos de aquí. No obstante, si me acompañáis, debéis prometerme que no se lo diréis a nadie y que no volveréis a ir nunca más.

Al momento estuvieron de acuerdo y asintieron sonrientes.

Jennifer corrió a casa para explicar a su madre que iba a dar un paseo con la abuela. Traspasada la verja del jardín, cuando ya no las veían desde la casa, tomaron la forma de hadas y siguieron a la araña a través de los campos sobre las colinas.

En una zona alejada de denso bosque llegaron a un viejo campanario edificado en un pequeño claro. Se veían ruinas de casas y piedras esparcidas por el suelo, pero no quedaba ningún edificio en pie. No podían adivinar si se trataba de una antigua escuela o de una iglesia. Solamente el campanario se mantenía en buen estado. Estaba construido con grandes bloques de piedra, y en el interior había rejas de hierro forjado. Libélula y madame Mamá volaron hasta la cima siguiendo a la Araña de los Sueños. En lo alto de la torre, bajo la bóveda del techo, estaba la Telaraña de los Sueños.

No se parecía en nada a las telarañas que había visto Libélula. Era muy pequeña, medía menos de un palmo de ancho, y era mucho más complicada que cualquier otra telaraña normal. Libélula había imaginado que la Telaraña de los Sueños sería negra, como las que había en su casa. Pero esta telaraña estaba tejida con hilos multicolores, delicados y sedosos. Cada uno de los hilos contenía, al menos, un centenar de pequeñas secciones de color. La Telaraña de los Sueños contenía todos los colores que conocían entre las dos y aún más.

A intervalos regulares, resplandecía por separado cada color de la telaraña. Las hadas

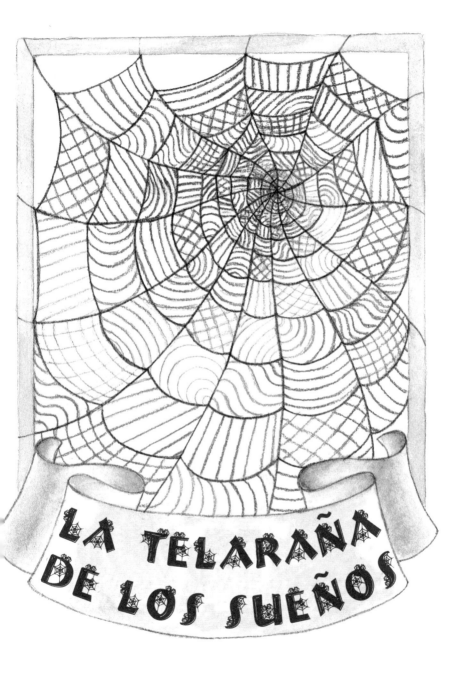

LA TELARAÑA
DE LOS SUEÑOS

vieron reflejos de fucsia, lima, violeta, naranja, lavanda y turquesa.

—Está atrapando las pesadillas de los que duermen de día —les contó la Araña de los Sueños—. Tendríais que verla de noche. Es como un castillo de fuegos artificiales.

Mientras observaba, Libélula se sentía conmovida por la belleza de la Telaraña de los Sueños. Se dio la vuelta con los ojos llenos de lágrimas y dijo:

—¡Es tan hermosa!

—¡Vaya, no pretendía trastornarte! —dijo la Araña de los Sueños carraspeando—. He pensado que te gustaria verla.

—¡Es tan pequeña! —exclamó Libélula, intentando tragar saliva.

—No siempre es mejor ser más grande —contestó la araña—. De todas maneras, poco importa el tamaño. Por ejemplo, tú no eres muy alta y mira todo lo que has hecho —carraspeó de nuevo y añadió—: No conozco demasiadas niñas ni libélulas, Jennifer, pero me siento orgullosa de que seas mi amiga.

Jennifer sonrió y estrechó una de las patas

La Araña
de los Sueños

delanteras de la Araña de los Sueños. Era suave y peluda, y no puntiaguda o áspera como había imaginado.

—Por cierto, realmente soy vegetariana —dijo la Araña de los Sueños al marcharse—. Mis manjares preferidos son el bróculi y las alcachofas.

Libélula y madame Mamá soltaron una carcajada y agitaron las manos mientras la araña marchaba a toda prisa.

Aquella misma noche, Jennifer mandó un mensaje en una nuez a la Araña de los Sueños, agradeciéndole que les hubiese mostrado la telaraña.

Al cabo de dos días, le devolvieron la cáscara de la nuez y en su interior encontró una diminuta pulsera, tejida con hilos de telaraña de seda multicolores, como los de la Telaraña de los Sueños. Jennifer acarició aquel precioso regalo. Aquella noche se durmió pronto y tuvo un sueño muy agradable.

Fin

Diversiones de las hadas

Botas

Por J. H. Sweet

Mi padre acostumbraba a colocar botas viejas
en el jardín para ahuyentar a los conejos.
Durante años, me pregunté si realmente servían
para algo.

Una fresca mañana de abril, con el rocío, mientras estaba sentado en el porche y las nieblas grises escapaban del sol, saltó ante mí una pequeña
cola de algodón, olisqueó una bota, me miró
y dijo: «Gracias, pero no es mi número».

Haz una pulsera
de los sueños

Si quieres fabricarte una Pulsera de los Sueños como la que la Araña de los Sueños regaló a Libélula, puedes seguir estas diez instrucciones. Pide permiso a tus padres antes de empezar.

Material necesario:
6 hilos de bordar, de 25 cm cada uno. *(Utiliza los colores que quieras, pero recuerda que la Araña de los Sueños tiene muchos colores diferentes…)*
Tijeras
Cinta adhesiva

continúa en la siguiente página

SUEÑOS

S

U EÑOS

1. Corta seis hilos de bordar de 25 cm con las tijeras. Cada hilo es una letra de la palabra **SUEÑOS**.

2. Sujeta los bordes de los seis hilos y anúdalos dejando una cola de 3-4 cm al final.

3. Después, engancha el nudo a una mesa, al respaldo de una silla o al lugar que digan tus padres.

4. El hilo de la izquierda es el de la primera **S**. Sujétalo y pásalo por encima y por debajo del hilo de su derecha, el hilo **U**, para hacer un nudo como el haces para atarte los zapatos. Sujeta el hilo **S**, estíralo por encima del hilo **U** y ajústalo arriba de todo.

5. Haz un segundo nudo utilizando los mismos hilos (**S** y **U**).

6. Ahora ya puedes dejar el hilo **U**. Pasa el hilo **S** por encima y por debajo del hilo **E** para hacer un nudo. Repítelo. Asegúrate de estirar y ajustar cada nuevo nudo arriba del todo.

7. Repite la misma operación con los hilos **Ñ**, **O** y **S**. Si lo has hecho correctamente, el primer hilo **S** estará en el extremo de la derecha. Felicidades, has finalizado la primera hilera.

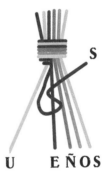

SUEÑOS

8. El primer hilo de la izquierda es ahora el hilo **U**. Sujétalo y repite las instrucciones del 4 al 7. Al acabar cada hilera, el hilo con el que has empezado a la izquierda será el que queda más a la derecha.

9. Asegúrate de que la pulsera sea lo sufientemente larga para abarcar tu muñeca. Cuando la termines, si quieres, puedes recortar la cola.

10. Duerme bien, sueña bonitos sueños y recuerda que te protege la Araña de los Sueños y la poderosa Telaraña de los Sueños.

Pavo real

Los pavos reales machos lucen unas plumas espectaculares. Las hembras, las pavas, tienen plumas más pequeñas y con menos color. La larga cola del pavo real se despliega en forma de abanico. Estas grandes aves son de la familia de los faisanes y los pavos, y se encuentran en muchos países en todo el mundo. A los pavos salvajes les gusta comer serpientes y pequeños roedores.

Hada Morgana

Es una de las hadas más famosas de su época. Fue la enemiga más importante del rey Arturo, a pesar de ser su hermanastra. Su nombre en inglés actual es Morgan the Fairy. No obstante ser su enemiga, en una de las historias más conocidas del rey Arturo, el día que lo hirieron gravemente, lo recogió en un barco y se dirigió a la isla mágica de Avalon. La leyenda cuenta que Morgana y cuatro hadas reinas custodian a Arturo hasta que llegue el momento en que el mundo esté en tan gran peligro que Arturo marche de Avalon para salvarlo.

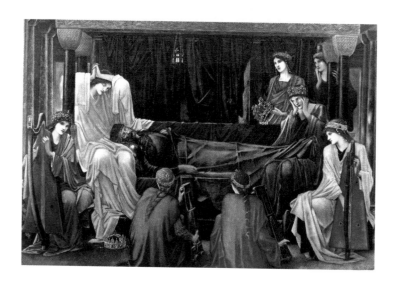